Texte français: Anne-Marie Chapouton.

Hans de Beer

Le voyage de Plume

Texte français de Anne-Marie Chapouton

Editions Nord-Sud

Au pôle Nord, où tout est blanc, tout blanc, vivait un petit ourson polaire, tout blanc lui aussi. Il s'appelait Plume. Aujourd'hui, pour la première fois, il va se promener avec son papa sous la neige.

En arrivant au bord de la mer, papa ours dit à son fils: «Reste là et regarde-moi faire.» Tout le jour, papa ours apprend à Plume à nager, à plonger, à rester longtemps sous l'eau et à pêcher. Le soir venu, ils partagent un gros poisson pour leur dîner.

Bientôt la nuit va tomber. Alors, papa ours apprend à son fils à faire un gros tas de neige pour se protéger du vent. Et comme Plume est très fatigué, il s'endort très vite, bien à l'abri.
Mais, durant la nuit, la glace se met doucement à craquer. Un gros morceau se détache et s'en va en flottant sur la mer, emportant Plume endormi derrière son tas de neige.

Quand le jour se lève, Plume se retrouve tout seul au milieu de l'océan.
Autour de son petit morceau de glace, toute la blancheur a disparu, et il fait
de moins en moins froid.

Le morceau de glace fond vite. Bientôt, il n'en restera plus du tout. Heureusement, Plume aperçoit un gros tonneau qui flotte. Alors, il se jette à l'eau et nage comme son papa lui a appris, pour arriver jusqu'au tonneau. Comme c'est difficile de grimper dessus et d'y rester, avec les vagues qui deviennent de plus en plus grosses! Plume se cramponne en pensant à son papa.

La tempête se calme pendant la nuit, et, au matin, Plume aperçoit la terre au loin.
Mais c'est une terre sans glace ni neige. Presque tout est vert, tellement vert.
Et comme il fait chaud! Plume descend doucement de son tonneau et avance
sur la plage.

Quelle est donc cette drôle de neige jaune sur le sol qui lui brûle terriblement les
pattes? Vite, Plume retourne dans l'eau pour les rafraîchir, mais voilà
qu'une énorme bête marron en sort en faisant BOUH! Plume se sauve.

Mais l'animal n'est pas méchant. «Je ne voulais pas te faire peur», dit-il à Plume.
«Je m'appelle Hippo. Et toi? Qui es-tu? Pourquoi es-tu si blanc? D'où viens-tu?»
Alors, Plume lui raconte son pays blanc, son voyage sur un morceau de glace,
et lui dit qu'il aimerait bien retourner chez lui.

Hippo ne comprend pas très bien son histoire: la neige, la glace, il n'en a jamais vu. Mais il lui dit: «Dago, l'aigle des montagnes, est le seul à pouvoir t'aider pour rentrer chez toi: il a beaucoup voyagé et connaît des tas de choses. Seulement, pour le trouver, il faut traverser le fleuve, marcher dans la jungle et escalader les montagnes.» Et comme Plume ne sait pas encore tellement bien nager, Hippo lui dit de ne pas s'inquiéter: «Je te prendrai sur mon dos.»

En chemin, Plume pose beaucoup de questions à Hippo. Tout est si nouveau pour lui. Les herbes, les fleurs, les arbres, les papillons. Et puis, il y a tant de couleurs. En grimpant dans un arbre, Plume rencontre une drôle de bête verte qui devient blanche tout à coup quand il s'approche d'elle. Hippo lui explique: «C'est un caméléon. Il peut changer de couleur comme il veut.»

En arrivant dans la montagne, l'air devient de moins en moins chaud, et Plume
se sent beaucoup mieux. Le pauvre Hippo, lui, se fatigue en grimpant et Plume
lui montre les bons endroits pour poser ses grosses pattes.

«Reposons-nous ici jusqu'à demain», dit Hippo, tout essoufflé, en s'arrêtant
en haut d'un rocher.
De là où ils sont, ils aperçoivent l'océan. Alors, Plume pense à son pays tout blanc
qui est si loin maintenant.

Le lendemain, ils grimpent, ils grimpent encore. Hippo est bien fatigué.
Mais tout à coup, il crie: «Attention!» Un gros oiseau arrive au-dessus d'eux.
C'est Dago, l'aigle des montagnes.
«N'aie pas peur, Plume, il est gentil», dit Hippo.

Hippo raconte à Dago l'aventure de Plume. L'aigle est très étonné: «Un petit ours polaire, en Afrique? Comme c'est drôle!» Mais il rassure vite Plume: «Je vais t'aider. Je parlerai de toi à mon ami Orque, et je lui dirai de venir te chercher demain sur la plage. Il te ramènera chez toi.»
Plume remercie Dago et, avec Hippo, ils redescendent jusqu'à la plage.

Le lendemain, Orque, la baleine, vient prendre Plume au bord de l'eau. «Monte sur mon dos, petit ours, je te ramène chez toi, ne t'inquiète pas.»
Plume dit au revoir à ses deux amis et leur crie: «Merci pour tout!»
Hippo reste seul sur la plage, et regarde Plume s'éloigner sur le dos d'Orque.
Il est triste.

Bientôt, Orque arrive au milieu des glaces, dans la mer froide. Tout à coup, Plume s'écrie: «Papa, papa, c'est moi!» Papa ours se demande s'il ne rêve pas: il voit son petit ourson qu'il croyait perdu arriver sur le dos d'une baleine.

Voilà des jours qu'il le cherchait, qu'il l'appelait partout. Il est bien fatigué, mais il va quand même pêcher un gros poisson pour l'offrir à Orque, en remerciement. Orque est très content du cadeau. Il le prend et s'en va.

«Allons, Plume, rentrons vite chez nous. Maman sera si heureuse de te retrouver!»

Voilà Plume sur le dos de son papa, comme avant, au pôle Nord, où tout est blanc, tout blanc. Dans l'épaisse fourrure, c'est facile de se tenir. Sur le dos d'Hippo et d'Orque, c'était tellement glissant. Plume se sent en sécurité.

La dernière fois qu'ils avaient parcouru ce chemin, papa ours avait expliqué plein de choses à son petit. Mais cette fois, c'est le papa qui écoute son fils parler. Son fils qui a tant de choses à lui apprendre.

Et Plume lui raconte les animaux qu'il a rencontrés et tout ce qu'il a vu: Hippo, les arbres, les fleurs, Dago, et tout le reste.

Papa ours est très étonné: «Alors, comme ça, il n'y a pas de neige du tout, là-bas? Rien n'est blanc?»

Plume lui répond: «Il y avait bien un petit caméléon, mais, lui, il ne comptait pas vraiment.»

Et il se met à rire. Papa ours ne comprend pas très bien ce qui fait rire Plume mais il est très heureux d'avoir retrouvé son petit ourson.